WAKA FILM
ÉDITION LIVRE

Waka Film Edition

ISBN 978-2-35885-004-9
waka film édition

JOCELYN CHRISTOPHER

Né en Guadeloupe en 1959, publie son troisième livres Lady Jannary, les livres précédents :
La Face Cachée du Zouk,
Cantiques de Noël aux Antilles

LADY JANNARY
JOCELYN CHRISTOPHER

LADY JANNARY

Mes remerciements à :
Véronique Jacquet pour sa précieuse contribution.
Bertille Christopher pour sa précieuse contribution.

Conception graphique : Waka film Edition.

Crédits photographiques : RLSather

WAKAFILM Edition

ISBN :978-2-35885-004-9

WAKAFILM Editions,2020

LADY JANNARY

Les Histoires de Dada

Introduction

Il était une fois un petit garçon qui s'appelle Jocelyn, il aimait écouter les histoires, que lui racontait sa grand-mère, qu'il surnommait Dada.

Dada, de son vrai nom, Marie Victoria Adolphine JANNARY, est une afro-descendante née en 1882 à Sint Marteen, dans la partie hollandaise de l'île.

(Saint Martin est une île divisée en deux parties, une Française, et l'autre Sint Marteen Hollandaise)

Dada parle le Néerlandais, le créole et l'Anglais. Elle comprend le français mais refuse de le parler.

Notre Dada a eut beaucoup de chance vu le contexte post esclavagiste de l'époque, elle a un travail rémunéré. Placée toute jeune par sa mère comme gouvernante, dans la famille d'un diplomate Anglais en poste à Sint Marteen, partie hollandaise, cet homme est un fervent voyageur. Il s'apprête à partir en Europe puis en Afrique, il propose à Dada de le suivre dans ses différents voyages. C'est en 1902 à l'âge de 20 ans que Dada découvre plusieurs pays : l'Angleterre, la Hollande. Mais le voyage qui l'a marqua le plus, est sa rencontre avec le continent Africain.

Dada était petite fille de déporté Africain, mis en esclavage aux Antilles. Le retour sur le sol Africain pour Dada, était un pèlerinage très excitant. Dada était très émue en foulant pour la première fois le pays de ses ancêtres.

Dada a eu cette pensée :

- plus de quatre cents ans de rupture générationnelle.

- plus de quatre cents ans de tribulations.

- plus de quatre cents ans de combats.

- me voilà revenue à la maison.

La rencontre de Dada, avec les Africains du continent, fût une révélation.

Elle passait beaucoup de temps avec les jeunes filles des villages visités, celles-ci font l'initiation de Dada, en lui transmettant de façon orale, comme les griots, les secrets de la grandeur passée des royaumes d'Afrique.

Dada ne savait ni lire ni écrire, mais elle était dotée d'une mémoire d'éléphant, elle absorbait les connaissances et était capable dans la pure tradition africaine d'écouter comme un enregistreur, pour devenir griot à son tour.

Les années passées en Afrique ont transformé Dada. Elle devient une femme accomplie, pleine de confiance dans l'avenir. Dada apprend à la source, ce qu'est l'être Africain, contrairement à ce qui était dit de l'Afrique dans les colonies.

A cette époque aux Antilles, les colons faisaient courir le bruit, que l'Afrique était un lieu où vivaient des gens misérables, sans culture et sans passé historique.

Les antillais avaient à cette époque, une piètre opinion de l'Afrique, les esprits étaient manipulés par les colons, pour maintenir leur domination. Ainsi ils empêchaient toute nostalgie de retour en Afrique.

Les livres regorgeaient d'histoires humiliantes pour les Noirs, et vantaient les mérites des Blancs pacificateurs et libérateurs de l'Africain, qui vivaient selon eux misérablement.

Selon la France, les antillais francophones libérés par un Victor Schoelcher, avaient un sort plus enviable que les Noirs d'Afrique, puisque devenus citoyens Français, les Antillais accédaient soudainement à l'humanité.

Pour les Anglais, un certain William Wilberforce milite pour l'abolition et arrive à l'obtenir en 1833 grâce à l'action de l'association l'Anti-Slavery Society.

C'est avec ces à-prioris et ce sentiment de supériorité, que Dada aborde l'Afrique, elle se rend vite compte que la réalité est différente.

Dada est révoltée par tant de mensonges, elle comprend que le chemin sera long, pour réparer l'esprit des Antillais aliénés par tant d'années d'esclavage et de servitude.

Le retour aux Antilles.

Après 20 ans d'absence, l'année 1922 est une année marquante en rebondissement pour Dada. Elle retourne à Sint Martin, avec ses quatre enfants.

Elle rencontre mon grand-père sur le bateau Le Majestic, un paquebot Anglais.

Mon grand-père John Christopher, militaire originaire de l'île anglaise Antigua, située dans les petites Antilles. Il revient de la grande guerre 14-18. Il succombe aux charmes de Dada, cette belle princesse noire, qui intrigue les passagers.

C'est Dada qui va vers John, ce grand gaillard, timide et réservé. John, portait avec beaucoup de classe, sa tenue militaire anglaise.

Dada et John, deviennent inséparables sur le paquebot.

Arrivé à destination après un long voyage transatlantique, New York, Canada et diverses îles de la Caraïbe, le bateau mouille dans la rade de Sint Martin.

Dada invite John à résider dans l'île de Sint Martin.

Très vite, ils se mettent en couple.

Mon grand-père a vingt ans de moins que Dada.

Dada et John, séjournent quelques temps à Sint Martin, puis ils s'installent en Guadeloupe.

 Avec ses économies, Dada achète un terrain à Basse Terre, où elle fait construire, une jolie case créole à la rue Mallian.

Dada, du haut de ses un mètre cinquante, était une femme de caractère. Elle impose le mariage à mon grand-père, un grand gaillard d'un mètre quatre-vingt-dix. De leur union naîtront, Suzelle ma tante et Fortuné Christopher mon père.

Mon grand-père John, avait une peau de bronze, burinée par le soleil. C'était un vrai guerrier *Taïnos de l'île d'Antigua.

Pour nous c'était Papa Jo.

Papa Jo, était un homme juste, il aimait ses petits-enfants, il n'était pas trop démonstratif, il ne communiquait, que pour dire des choses essentielles, un mot de lui et tout le monde s'exécutait.

*(*Les Taïnos, sont la population indigène des Antilles avant le contact avec les européens)*

L'installation à Basse Terre en Guadeloupe

Dada s'installe comme marchande de gâteaux et de friandises, elle utilise les connaissances apprises lors de ses voyages pour créer son commerce, c'est ainsi, que cette petite bonne femme a pu élever six enfants, avec l'aide de son mari agriculteur.

Dada ,habillée avec le costume traditionnel et un foulard en madras attaché sur la tête,

ce vêtement symbolise la femme Antillaise gracieuse.

Les marchandes de gâteaux portaient un tablier blanc brodé pour représenter leur fonction, c'était ainsi à l'époque, chaque profession était représentée par un habit, un couvre-chef, un tablier.

Dada, tient un stand sur le Cours Nolivos, en face de la mairie de Basse Terre.

Les habitants de la ville découvrent pour la première fois, les cookies nommés koka, les gâteaux marbrés nommés bonbon, les doucelettes (une sucrerie anisée), ainsi que le sucre à pistache et le sucre de cajou, (un savant mélange de cacahuètes et de noix de cajou grillées, amalgamées à chaud avec du sucre de canne caramélisé), tout ceci aromatisés de vanille.

Les friandises sont refroidies et coupées en rectangles, sur une plaque de marbre ramenée d'Angleterre. Les recettes de Dada ont un énorme succès.

Aujourd'hui encore les recettes de Dada, sont vendues par des marchandes dans toute la caraïbe, sans qu'elles sachent que c'est ma grand-mère, qui a inventé ces sucreries.

Une histoire africaine

Dada aimait raconter des histoires de voyages, de villes visitées, de rencontres avec d'autres peuples.

Pour nous ses petits-enfants, c'était des contes, des histoires.

Mais en réalité notre grand-mère nous racontait sa vie et ses mésaventures, c'est ainsi que commencent les histoires de Dada.

Assis en demi-cercle avec mes frères et sœurs, dans la cour de la maison de nos grands parents.

Nous sommes réunis autour de Dada notre grand-mère, la cour est illuminée par une lampe à pétrole qui projette des ombres déformées, qui nous plongent dans un univers surréaliste.

L'ombre de ma grand mère est inquiétante, assise dans un rocking-chair, elle surplombe l'assistance, son ombre s'étire à chaque balancement de sa chaise, la pipe qu'elle tient dans sa main et qu'elle porte à la bouche crée des ombres chinoises.

Jocelyn, ayant une imagination débordante, regarde du coin de l'oeil cette ombre au cas où, qu'elle se détache du mur.

Jocelyn imagine toute sorte de scénario pour échapper à cette ombre menaçante.

Les autres enfants attendent avec impatience, la bouche ouverte le début du conte.

Dada, s'amuse de l'impatience de ses petits-enfants, elle prend tout son temps, avant de commencer son récit.

Elle bourre de tabac nonchalamment sa pipe en terre cuite, tout en scrutant le visage des enfants un à un, nous étions suspendus à ses lèvres.

Aux Antilles, une histoire commence toujours par un code :

- Tim Tim bwa sek, est-ce que la cour dort ?

(C'est ainsi que tout bon conteur doit s'y prendre, pour fixer l'attention de son public.)

Et l'assistance répond :

- La cour ne dort pas.

(donc le conteur peut commencer son histoire.)

Mais Dada, n'utilisait pas la formule.

Elle disait toujours avant de commencer une histoire :

- Je suis l'Alpha et l'Oméga.

(Ces mots n'avaient aucun sens pour le petit garçon que j'étais, c'était juste un repère qui annonçait le conte.)

Mes sœurs étaient blotties les unes contre les autres, et moi, je me tenais le menton à deux mains, pour écouter les histoires de Prince et de Princesse Africains, qu'aimait nous raconter Dada.

Mes frères et sœurs un peu taquins, me pinçaient les côtes, imperturbable, je repoussais les attaques et je restais concentré.

Ce jour-là, Dada, nous annonce :

- *Je vais vous raconter une histoire qui m'a été contée, par des enfants de la ville de Tombouctou, c'est l'histoire du prince Soundiata Kéita.*

(J'entends pour la première fois le nom Tombouctou, ceci ouvre la porte de mon imagination sur l'Afrique.)

Dada dit :

- *Il y a très, très longtemps, un petit garçon Prince héritier du royaume Mandingue.*

Des douze enfants du royaume Mandingue. Soundiata Kéita, avec sa sœur, sont les seuls rescapés d'une guerre.

Soundiata, est le seul garçon laissé en vie. Parce qu'il était paralytique d'une jambe.

Soundiata et sa sœur, prisonniers du roi Soumahoro, sont élevés à la cour de Soumahoro, le Roi du royaume du Sosso.

Soundiata, était la risée de la cour.

Transformé en bouffon du Roi.

A l'âge de sept ans, le jeune Soundiata, après une vexation de trop, de rage se leva et plia une barre de fer pour en faire un arc.

Soundiata, força l'admiration de la cour du Roi du Sosso.

Les années passèrent, Soundiata, acquit une force étonnante.

Il devient un guerrier redoutable.

Le Roi voit en lui un rival et fomente contre Soundiata, un complot pour le faire assassiner.

Soundiata, craignant pour sa vie, il dût s'exiler.

Plus tard, devenu un solide guerrier et un stratège hors pair, Soundiata rallie à sa cause de nombreux guerriers, il fait alliance avec les ennemis du Roi.

Soundiata, décide de combattre le royaume du Roi Soumahoro.

Une nuit, la sœur de Soundiata, devenue une des femmes du Roi, réussit à percer le secret de l'armure invincible de Soumahoro, en trouvant le point vulnérable.

Quand les deux armées se retrouvent sur le champs de bataille, Soundiata, tend son arc et frappe d'une flèche l'endroit précis de

l'épaule de Soumahoro, indiqué par sa
sœur.

Soundiata Kéita, gagne la guerre et soumet
le royaume du Ghana.

Soundiata, devient le Roi de la région la
plus riche en or d'Afrique et du monde.

Dada mit fin à l'histoire.

Je regarde ma grand-mère, et je lui dis :

- Mais Dada, ce n'est pas fini ?

Dada, tire une grande bouffée de sa pipe et
dit :

- Il en faut un peu pour chaque jour,
- il est temps d'aller se coucher.

Malgré nos protestations.

Dada, tapote sur sa pipe pour extraire le reste de tabac et là, elle répète d'une manière énigmatique :

- *Nous sommes l'Alpha et l'Oméga.*

Dada, s'en retourne nonchalamment vers sa case, au pas de la porte, elle croise mon grand-père, qui écoutait toujours en retrait les histoires de sa femme. Lui aussi est resté sur sa fin.

(Mon grand-père était bègue), il dit à sa femme en créole :

- *sa sa sa ja fine ?* (c'est fini ?)
- Dada dit à mon grand-père qu'il entendra la suite la prochaine fois comme les enfants.

Avec mes sœurs et frères déçus, de l'arrêt brutal de l'histoire, munies de notre bougie, nous regagnons tout doucement, la maison de nos parents, qui était mitoyenne à celle de Dada.

Les interrogations de Jocelyn.

Dans mon lit, mon cerveau est en ébullition, je repense à ce jeune Soundiata Keita, il avait le même âge que moi et je m'interrogeais :

- *Comment a- t-il fait pour tordre une barre de fer ?*

Je fini par m'endormir. Au petit matin je me prépare, pour aller à l'école. Je suis bien décidé à résoudre, cette histoire de barre de fer, j'essaye de tordre tout ce qui était en fer, sur mon passage.

Sur la route de l'école, ma première victime fut la fontaine qui se trouvait dans la cour de la famille Pommier.

Mes camarades et mes sœurs me trouvent bizarre, ils me regardent du coin de l'œil.

Mais personne n'ose me poser de question. Ils me savent bagarreur et ne veulent surtout pas me contrarier.

Un peu plus loin, dans le bas de la rue Mallian, il y avait un poteau en fer, je me jette dessus, j'essaye de le tordre et là ma petite sœur Christine me dit :

- Qu'est ce qui nous arrive ?

Christine, disait toujours nous, elle ne pouvait pas concevoir le je, ni le tu.

Elle pensait toujours collectif, nous, ils.

Nous fonctionnions toujours à cinq, Claudine, Marie Line, Jocelyn, Christine et Francette. La façon de parler de Christine, donnait parfois lieu à des situations assez cocasses.

Christine, devenait très bavarde au contact de notre père, qui revenait du travail.

Malgré nos recommandations et menaces, de ne plus l'emmener en ballade.

Christine, racontait sa journée à notre père, en disant :

> - *Nous avons été à la rivière. Nous sommes montés aux arbres. Nous avons cueilli des mangues.*

Notre père nous regardait avec des yeux exorbités, pleins de reproches, nous avions enfreint les interdits.

Il ne fallait pas quitter la maison, et surtout le mot rivière ne passait pas, notre père sortait sa ceinture et nous menaçait de sévir.)

Je regarde ma sœur Christine et lui dit :

> - *je n'arrive pas à tordre la barre de fer.*

Les autres enfants perplexes, disent en cœur :

> - *et alors ?*
> - *Soundiata Keita, a plié une barre de fer, à l'âge de sept ans comme*

*moi, si lui il l'a fait, moi aussi je
peux le faire.*

Ma réponse surprend mes camarades :

Rire général, ils disent en cœur :

- *C'est qui Soundiata Keita ?*

Et voilà sans le savoir, je deviens griot à
mon tour.

Je raconte l'histoire, que nous a contée
Dada la veille. A la fin de la journée, toute
notre classe connaissait Soundiata Keita.

Mes camarades étaient comme moi, nous
aimions les histoires.

*(A cette époque la télévision n'existait pas.
Nous sommes au milieu des années 1960. Il
était coutumier que les adultes, racontent
des histoires à la nuit tombée.)*

Mes amis voulaient connaître la suite de l'histoire contée par Dada. Ils me demandent expressément, la permission de venir chez moi, pour écouter la suite de l'histoire.

Sur la route du retour de l'école, ma sœur Marie Line me dit :

- *Aya aïe, Dada ne va être d'accord.*

La stratégie de Jocelyn

Arrivé à la maison, je réfléchis à la manière de m'y prendre, pour demander à Dada, l'autorisation pour que mes camarades puissent écouter la fin de l'histoire.

(Dada, avait toujours une liste assez longue de corvées, qui nous étaient réservées. Mais avec la complicité de notre mère, nous arrivions à esquiver les corvées de Dada.)

Cette fois, je devais me jeter tout seul, dans la gueule du loup.

Après avoir fait mes devoirs et appris mes leçons, je m'aventure près de la cuisine de Dada qui se trouve à l'extérieure de sa case.

Mon grand-père est assis près de la cuisine, il enlève ses bottes de jardin.

En guise de politesse, je le salue de la tête en disant :

- *Bonsoir grand-père.*

Je me dirige vers la cuisine d'un pas bien décidé.

Je dépasse mon grand-père, il est surpris de me voir passer à cette heure près de la cuisine de Dada.

Lui qui n'est pas très bavard, il a juste le temps de chuchoter :

- **Ti moun ?*

Pour m'avertir car il savait ce qui allait se passer. Dada, sort de sa cuisine et dit dans un flot de paroles :

- *Tu vas donner à manger au cochon, tu vas rentrer le café qui sèche et après tu vas sortir la tinette.*

Et là, mon grand-père intervient et dit :

- *Ha non pas la tinette !*

(**Enfant ?*)

Mon grand-père savait que la tinette posait un problème.

Ma mère nous avait formellement interdit de toucher à la tinette.

Donc source de conflit entre Dada et ma mère. Les deux femmes ne s'aimaient pas.

(Il n'y avait pas de toilette dans les maisons en Guadeloupe à cette époque, la tinette était un collecteur des besoins corporels, que l'on devait mettre aux abords de la rue, deux fois par semaine. Les ramasseurs échangeaient une tinette pleine contre une vide.

Imaginez à partir de vingt et une heures, un camion à plateau, avec un équipage d'hommes cagoulés. Ils attrapent la tinette, ils la portent sur leur tête et un autre homme sur le camion réceptionne la chose, puis redonne une tinette vide à son coéquipier. Les habitants de la rue au bruit du camion très reconnaissable, fermaient portes et fenêtres de façon simultanée.

On entendait flap, flap, flap et tous les voisins se barricadaient, nous les enfants, on se bouchait le nez à cause de l'odeur.)

 Donc vous comprenez que ma mère ne voulait pas qu'on touche à la tinette.

Après avoir fait les autres corvées, je m'adresse à Dada un peu hésitant :

- Dada j'ai quelque chose à te demander ?

- Samedi mes amis de l'école veulent écouter la suite de l'histoire.

Dada fit mine de ne pas entendre, devant son silence mon grand-père intervient et il dit simplement :

- Femme ?

Avec une certaine autorité .

Dada dans un baroude d'honneur dit :

- D'accord, mais tu tournes la sorbetière pour moi samedi.

Dada ne pouvait s'empêché de donner des corvées à ses petits enfants

En bon garçon je dis :

- *Merci Dada.*

J'attrape pudiquement la main de mon grand-père, pour lui dire merci.

(Dada avait deux énormes sorbetières de dix litres chacune.

Une fois remplies de glace, tous les hommes disparaissaient de la cour de Dada, mon grand-père et mon père, avaient subitement d'autres occupations.)

Bon gré,mal gré, samedi après-midi, je devrais suivre Dada au Cours Nolivos, pour tourner le volant des énormes sorbetières.

Chose qui ne m'enchantait guère, mais une promesse est une promesse.

(Dada ne se doutait pas de la malice de ses petits enfants. Mes ainés ayant déjà eu à faire les corvées de Dada, ils avaient un petit secret. Vu l'affluence des clients de Dada, elle nous mettait à contribution pour vendre aussi les cornets de pistaches, mon grand frère m'avait conseillé de mettre deux paires de chaussettes, ainsi ont pouvait glisser quelques pièces de monnaies entre les deux chaussettes, ainsi le bruit des pièces étaient atténué, la corvée devenait rentable, les pièces récoltés pouvaient financer la place de cinéma du dimanche après midi au cinéma Tivoli.)

La prise de conscience de Jocelyn

Cette nuit je vais me coucher heureux.
Dada a accepté de nous raconter la suite de
l'histoire samedi, et je serai avec mes
copains.

Dans la nuit, je repasse dans ma tête ce
que Dada nous a dit au début de l'histoire.

*(Je vais vous raconter une histoire qui m'as
été contée, par les enfants de la ville de
Tombouctou.)*

Et là, je réalise que notre Dada est allée à
Tombouctou.

- *Dada est donc allée en Afrique ?*

Toute la nuit, cette interrogation m'a trotté
dans la tête, j'avais mille questions à poser
à Dada.

Au petit matin, je n'arrive pas à sortir de mon lit, j'avais cogité toute la nuit, je me posais encore plus de questions.

- *Dada est-elle née en Afrique ?*

Je devais tirer au clair cette affaire.

Comme tous les matins, ma mère vint me sortir du lit, voyant ma mine défaite elle s'écria :

- *oh la Vierge Marie, qu'est-ce qui t'arrive ?*
- *Tu ne peux pas aller à l'école avec une tête pareille, tu es malade ?*

Ma Mère me remis au lit avec une vessie de glace sur la tête.

Cela m'arrangeait, ainsi je pourrais poser plein de questions à Dada, sans avoir des corvées, comme je suis malade.

Mes sœurs sont parties pour l'école, je me prélasse dans mon lit.

J'attends le bon moment pour sortir de la case, ma mère était enceinte, presque à terme, elle devait se reposer.

Ainsi j'avais le champs libre pour sortir discrètement de la case.

Il est dix heures, c'est l'heure du passage du facteur. J'entends,

     -   toc, toc, toc, c'est le facteur.

Je me lève d'un bond, je traverse la salle à manger, j'ouvre la porte d'entrée.

Je vais au-devant du facteur, qui me donne le courrier de la famille.

Je regarde les noms sur les lettres. Il y a une lettre pour ma grand- mère.

Sourire aux lèvres je me rends vers la case de ma grand-mère, en criant dans la cour :

     -   Dada ! tu as une lettre, tu as une lettre.

Ma grand-mère ouvre sa porte et dit :

- c'est quoi ce vacarme, pourquoi tu n'es pas à l'école ?

Et je lui dis :

- je suis malade, tu as une lettre.

J'aime lire les lettres pour Dada.

Elle me dit :

- Ouvre la lettre et lis la moi ?

(J'ouvre la lettre, déçu, je ne peux lire que le nom de l'expéditeur. Emmanuel Flanders, Caracas, la lettre est rédigée en anglais)

Dada s'impatiente et elle dit :

- Tu vas la lire cette lettre ?

Avec une petite voix, je lui dis :

-   Dada, la lettre est en anglais, mais
    j'ai pu lire, Emmanuel Flanders.
    Caracas.

Dada éclate de rire :

-   C'est ton oncle Emmanuel, il fait le
    tour du monde en tant que
    compagnon, il est artisan, il a la
    bougeotte comme moi quand j'étais
    jeune.

Je ne connais pas l'oncle Emmanuel, mais
de voir Dada, de bonne humeur à l'énoncé
du nom de son fils, c'est que les nouvelles
sont bonnes,

(Dada, ne savait pas lire, elle attendra, le
retour du jardin, de mon grand-père pour lui
lire la lettre.)

Je profite de la bonne humeur de Dada,
pour lui poser des questions sur ses
voyages.

- Tu nous a dit que tu es allée à Tombouctou ?

- Mais Tombouctou est en Afrique ?

- Donc tu es née en Afrique ?

Dada me regarde un instant, d'un œil interrogateur, et soudain elle me dit :

- Depuis le temps que je vous parle de l'Afrique, tu es le seul de mes petits enfants qui me pose cette question, donc tu es le plus espiègle. Je vais te raconter mon histoire, ainsi tu pourras la raconter à tes enfants et petits-enfants, comme on le fait en Afrique avec les griots.

A cet instant, je suis le petit garçon, le plus heureux du monde.

Je viens d'établir un lien avec ma grand-mère. Qui était une femme assez austère et dure.

La glace venait de se rompre.

Les confidences de Dada

Dada me dit :

- Je suis née à Sint Martin en 1882, je suis partie d'abord en Europe, puis en Afrique, à l'âge de 20 ans avec mes quatre enfants. J'ai vécu dans plusieurs pays, l'Angleterre, la Hollande, en Afrique subsaharienne ainsi qu'en Égypte. J'accompagnais un diplomate Anglais.

- J'ai quitté l'Afrique à cause d'un certain événement qui venait de se produire en Égypte...

- La découverte de la tombe de Toutankhamon.

(J'étais aux anges, j'avais une histoire pour moi tout seul, oubliées les histoires de Prince et Princesse, je veux écouter l'histoire de Dada.

Ma grand-mère me fait des confidences, moi le petit garçon de sept ans, je réalise déjà à l'époque que je vivais un moment unique de mon existence.

L'enfant que j'étais devient le réceptacle d'une mémoire, et aussi un témoin intemporel, de faits ayant existés au début du siècle.

Il m'a fallut 54 ans pour comprendre et déchiffrer l'importance du message de ma grand-mère, il n'est pas aisé d'interpréter la compréhension d'un garçon de 7 ans.)

Les événements d'Égypte

Le Diplomate Anglais était un célèbre Égyptologue. Il venait de faire avec ses collègues une découverte capitale.

Certains de ses collègues ne voulaient pas révéler au monde, l'étendue de leur découverte.

Car la domination européenne sur le monde, pouvait être remise en cause.

Il s'ensuit une discussion terrible, sur le fait de révéler ou pas la vérité.

Ils décident de masquer ou de gratter certaines inscriptions, trouvées dans le tombeau de Toutankhamon.

Le diplomate Anglais choqué a dû se plier aux exigences de ses collègues.

Cette découverte, prouve qu'il y a plus de trois milles ans l'Égypte pharaonique était noire. Les hiéroglyphes trouvés dans le tombeau sont catégoriques.

Les scènes de vie et les objets trouvés, racontent des histoires africaines, avec des petits personnages peints et gravés en noir. Il n'y a aucun doute possible, la plus grande civilisation qui n'a jamais existé était africaine.

Ils déchiffrent les hiéroglyphes avec la méthode de Champollion*. Les archéologues prennent une terrible décision.

Ils décident de ne pas déclarer la découverte, tant que ces petits personnages noirs, ne seront pas masqués ou grattés.

Ils font murer la tombe, pour que personne ne voit cela.

C'est ainsi qu'en cette année de 1922, ces hommes délibérément, viennent de commettre, le plus grand crime contre l'humanité, pour sauvegarder la suprématie occidentale sur le monde.

*(*En 1822 Champollion trouve une méthode pour déchiffrer les hiéroglyphes.)*

Les remords du Diplomate Anglais

Le diplomate Anglais, fait des confidences à Dada, et il lui dit :

- Le monde actuel est dangereux pour les Africains.

- La colonisation vise à les acculturer et les déposséder de leur mémoire, pour mieux les dominer.

- Le continent va connaître des heures sombres et les dommages seront pires que les séquelles de l'esclavage dans les Antilles.

- Car les Africains sont chez eux, avec leurs coutumes d'hospitalité, ils ne verront pas venir la sournoiserie et le pillage de leurs héritages et le progrès qu'ils attendent de l'ouverture sur le monde ne viendra pas maintenant.

- L'Afrique, fera prospérer l'occident à ses dépends, avec ses richesses et ses matières premières.

- La décennie qui vient sera une dure épreuve pour l'Afrique.

(Le diplomate Anglais était un humaniste convaincu. Il fait un constat amer, sur la nature humaine.)

Il dit à Dada :

- Dans les colonies des Antilles, vous êtes mieux armés pour vous défendre.
- Car vous avez été victimes des plus bas instincts de l'homme, vous les avez combattus et vous avez surtout survécus, en créant une nouvelle société, pas parfaite, mais qui a le mérite d'exister, l'avenir sera plus prospère pour vous aux Antilles.

C'est ainsi que le diplomate Anglais, qui est le père caché des enfants de Dada lui demande de repartir aux Antilles avec ses enfants.

En cette année de 1922 à l'âge de quarante ans, Dada sur les conseils du diplomate Anglais, décide de repartir aux Antilles avec ses quatre enfants : Julia, August, Roger et Emmanuel Flanders, enfants dont le diplomate Anglais est le géniteur.

(Cet homme aimait Dada. Mais il avait une épouse et une famille restée en Angleterre.

La situation était compliquée, la mort dans l'âme, il conseille à Dada, de repartir aux Antilles.)

Le somptueux cadeau

Le diplomate Anglais, offre à Dada un somptueux présent, tiré du trésor du Pharaon, une parure en or sertie de pierres précieuses et des bibelots en or, et un petit personnage noir en bois d'ébène, habillé d'une petite jupe blanche, ce petit personnage ressemblait comme deux gouttes d'eau à Dada.

Le diplomate Anglais, lui dit :

- Pour les anciens d'Égypte, ce personnage représente l'homme parfait, et selon la lecture faite des hiéroglyphes, il avait la posture du marcheur, une jambe en avant pour symboliser l'homme dans l'action, il était un bâtisseur, un ingénieur, un créateur de monde.

Le voyage de Dada

Dada, après un périple en bateau arrive à Londres.

Elle se rend chez un antiquaire, avec une lettre de recommandations du diplomate anglais.

Elle échange les bibelots du trésor contre une grosse somme d'argent, pouvant la mettre à l'abri du besoin pour assez longtemps.

Dada détonne dans le paysage londonien, elle porte de magnifiques robes africaines de couleurs chatoyantes.

Elle aborde en toute insouciance une parure tirée du trésor du pharaon.

Telle une princesse africaine, accompagnée de ses enfants habillés en vrais Londoniens.

Ils ont les égards des commerçants et des hôteliers, pour leurs largesses financières.

Dada dépense sans compter, elle déambule avec ses enfants, dans les rues de Londres avec des paquets plein les bras.

Dada force l'admiration des Londoniennes qui se retournent sur son passage en la saluant telle une vraie Lady.

Le séjour londonien dure de longs mois.

Dada apprend le départ imminent d'un paquebot du nom : Le Majestic.

Ce bateau appareille bientôt pour les Amériques et les Caraïbes.

Aidée par le maître d'hôtel de sa résidence, Dada achète cinq billets de bateau.

Le maitre d'hôtel lui dit :

- Le Majestic* ramène les soldats de la grande guerre 14-18, vers les Etats Unis, le Canada et les Caraïbes.

(*Le Majestic est un bateau de la compagnie White Star Line, au départ de la ville portuaire de Southampton, c'est un somptueux paquebot avec trois immenses cheminées de couleur jaune et noir.)

Le jour du départ, Dada est impressionnée par la taille du paquebot, avec ses enfants, ils regardent le monstre des mers avec stupéfaction.

Un docker réceptionne les bagages de la famille. Il dépose les quatre énormes malles sur un chariot pour les emmener sur le paquebot, le docker perçoit l'inquiétude de Dada à l'enlèvement des bagages, il dit avec un flegme bien Anglais :

- Ne vous inquiétez pas Lady JANNARY, vos bagages seront livrés dans votre suite en première classe comme l'indique vos billets.

Dada surprise ne savait pas que le maître d'hôtel de la résidence, avait acheté des billets de première classe.

(pour le maître d'hôtel, c'était une évidence que cette famille avec un tel pouvoir d'achat ne pouvait voyager qu'en première classe.)

Arrivés sur le paquebot ,une hôtesse installe Dada et les enfants dans leur suite.

A leur grand étonnement, c'est une énorme suite princière, avec quatre chambres, une salle à manger, un salon et des dorures partout.

L'hôtesse présente les commodités de bord à la famille, et explique le déroulement du séjour lors de la croisière.

Elle remet à Dada une invitation à dîner à la table du commandant, pour le discours de bienvenue aux croisiéristes.

 Sur le paquebot court une rumeur, qu'il y a une Princesse Africaine sur le bateau, les passagers fortunés s'empressent de lancer des invitations auprès du personnel de bord pour avoir à leur table cette Princesse Africaine.

(Notre Dada, Lady JANNERY est devenue une princesse africaine, malgré elle.)

Dada s'y prend au jeu, et elle joue à la perfection son rôle de Princesse Africaine.

Elle raconte avec délectation les contrées qu'elle a visité et les merveilles qu'elle a pu voir.

Les passagers sont sous le charme de Dada, ils sont ravis d'avoir une Princesse sur le paquebot.

Les photographes de la compagnie font des centaines de photos, des différentes rencontres.

La croisière devient un événement mondain, de premier plan pour les heureux participants qui côtoient pour la première fois une africaine, et de surcroît Princesse.

Les récits de Dada arrivent même sur les ponts inférieurs du paquebot, où sont logés les soldats de l'Empire colonial Anglais.

Les soldats aussi, veulent voir cette princesse Africaine dont tout le monde parle.

A la demande des officiers de l'armée coloniale, le Commandant invite Dada à dîner avec les troupes de l'Empire.

Dada accepte le dîner avec beaucoup d'enthousiasme, sachant que les soldats venaient des îles des Antilles comme elle.

Pour le dîner, Dada s'habille avec une jolie robe Africaine très colorée et elle arbore une parure Égyptienne, sortie tout droit du tombeau de Toutankhamon.

A son cou un sautoir assez long de couleur turquoise, cousu de fil d'or, et à ses poignets des bracelets faits de fragments d'ivoire ciselés à l'or.

Dada fait sensation auprès des soldats, cette apparition fait oublier les horreurs vécues à la guerre par ces soldats.

L'espace d'un instant, la vision de tant de beauté, les laissent sans voix, un silence suit l'apparition de la Princesse.

Les soldats comme sortis d'une léthargie passagère lui font un tonnerre d'applaudissement qui se fit entendre dans tout le paquebot, et une haie d'honneur est créée spontanément pour accueillir cette divine apparition.

Un soldat s'avance vers Dada, lui prend la main, il l'invite à s'asseoir au milieu de la table d'honneur, dressée en sa faveur.

Un toast est proposé en guise de bienvenue, Dada lève son verre pour saluer la troupe.

Le soldat le plus gradé de la troupe coloniale fait un discours de bienvenue.

- Lady Jannary, au nom de mes camarades, nous vous remercions d'avoir accepté notre invitation et c'est un honneur de partager notre table avec vous.

- Comme vous le savez nous sommes les rescapés d'une terrible guerre, certains d'entre nous sont des blessés.

- Vous êtes un réconfort pour nos soldats, vous êtes le meilleur souvenir que nous emporterons de notre périple.

Dada est très émue, elle se lève et dit quelques mots de réconfort aux soldats.

- Messieurs, c'est aussi pour moi, un grand honneur d'être des vôtres ce soir, j'ai une confidence à vous faire, je suis moi aussi originaire des Antilles, je rentre à la maison après 20 ans d'absence.

Les soldats sont étonnés de la déclaration, ils se lèvent et applaudissent leur hôte.

Dada raconte encore une fois ses voyages en Europe et en Afrique, elle s'attarde sur la richesse culturelle de l'Africain et les coutumes d'hospitalité des peuples rencontrés.

- J'ai été surprise de découvrir des hommes et des femmes avec un tel savoir ancestral, ils pouvaient de mémoire citer l'histoire de leur village où de leur pays sur plusieurs générations.

- J'ai aussi appris beaucoup sur moi même, j'ai compris l'origine de certains maux dont je souffrais, la confiance en soi, l'estime de soi.

- Mais, j'ai aussi compris que trop d'hospitalité, pouvait vous conduire à votre perte, les Africains ne voient pas le mal chez les autres peuples, avec beaucoup de naïveté ils pensent que l'autre est animé de bonnes intentions.

- Malheureusement, je pense que les années à venir, seront rudes pour ces peuples, la confrontation avec les Européens n'augure rien de bon, comme dit si bien un proverbe Africain , « une biche ne pactise pas avec une lionne.»

- Mais, il faut déjà le savoir, que vous en êtes en présence du prédateur le plus dangereux au monde, l'homme et sa convoitise.

Les convives sont désorientés, ils ne s'attendaient pas à de telles déclarations, eux qui espéraient un peu de légèreté de la part de Lady Jannary.

A la fin du dîner, Dada s'apprête à rejoindre sa suite, elle croise un soldat sur le pont, il était très grand, élégant dans sa tenue militaire, Dada s'attarde auprès de lui, elle engage la conversation.

-   Tu viens de quelle île ?

-   Je viens de l'île d'Antigua

-   Comment t'appelles tu ?

-   John Christopher

-   Que fais tu dans le civil ?

-   Je suis cultivateur.

-   C'est un bon métier.

Dada perçoit un peu de nervosité chez John, elle le met à l'aise.

-   Je t'invite demain matin pour le petit déjeuner dans ma suite.

John est très impressionné par Lady Jannary, il est flatté de l'attention qu'elle lui porte, il garde le rendez-vous secret, il ne dit rien à ses camarades qui le pressent de questions.

Ce matin là, John se rend comme prévu dans la suite de Lady Jannary, à son grand étonnement il est reçu par des jeunes aussi âgés que lui. Les enfants sont chaleureux et très complices avec leur mère.

- Je vous présente John, c'est un grand soldat, comme vous pouvez le voir par sa taille.

Les enfants rient de la malice de leur mère, et John se prête au jeu et rit aussi, c'est ainsi que naît une grande complicité entre Lady Jannary, John et les enfants.

Ceci est la légende de ma Grand-mère Dada devenue Lady Jannary après un séjour à Londres.

Table de Matière

01 - **Introduction**

02 - **Le retour aux Antilles**

03 - **L'installation à Basse Terre en Guadeloupe**

04 - **Une histoire africaine**

05 - **Les interrogations de Jocelyn**

06 - **La stratégie de Jocelyn**

07 - **La prise de conscience de Jocelyn**

08 - **Les confidences de Dada**

09 - **Les événements d'Égypte**

10 - **Les remords du Diplomate Anglais**

11 - **Le somptueux cadeau**

12 - **Le voyage de Dada**

WAKA FILM
ÉDITION LIVRE

100 pages pour le dire

Waka Film Edition, un éditeur qui personnalise votre talent.

Auteur débutant ou confirmé, vous avez un manuscrit et vous souhaitez éditer votre livre dans les genres suivants
: roman, polar, essais, histoire, jeunesse.

Notre équipe est à votre écoute pour vous accompagner dans votre projet.

Envoyez votre manuscrit en ligne : wakafilm.edition@gmail.com

Nous fournissons les numéros ISBN, les codes à barres.
Promotion en librairie.

WAKA FILM
ÉDITION LIVRE

Waka film édition Livre

Wakafilm.edition@gmail.com

9 782358 850049